AF314310

JOUVENCE

La Revue
DES ADOLESCENTS
Garçons et Jeunes Filles

UN PREMIER APPEL

Aux amis de la Jeunesse
Aux jeunes écrivains et artistes
Aux amis des Lettres Françaises

Par **Gédéon Gory**
Docteur ès Lettres
Directeur de l'École Gory

Siège provisoire :
ÉCOLE GORY - PARIS
18, rue Matignon (8e)

AUSSI SUREMENT QUE LE PRINTEMPS
SUCCÈDE A L'HIVER INERTE ET
STÉRILE, IL VA SE PRODUIRE DANS
LES LETTRES FRANÇAISES UN PUIS-
SANT RENOUVEAU D'IDÉALISME ET,
POUR LA JEUNESSE, JOUVENCE VEUT
EN SONNER LE RÉVEIL

TABLE DES MATIÈRES

....

Le but et les moyens de Jouvence
Les origines et l'inspiration

....

Que faut-il faire lire à nos enfants ? Ceux dont la profession est de s'occuper de l'éducation de la jeunesse sont souvent embarrassés pour répondre à cette question inévitable : il est certain que notre littérature est pauvre, sinon par la qualité, du moins par le nombre des ouvrages qui sont de nature à intéresser la jeunesse, et dont la lecture peut lui être favorable.

Il en résulte que nos enfants se jettent sur une littérature d'ordre inférieur, qui est propre à corrompre leur moralité, leur jugement et leur goût : cela, chacun le sait et point n'est besoin d'insister. D'autre part le monde leur présente le spectacle de la démoralisation, non qu'il leur manque de beaux et modestes exemples de vertu, mais ils ne peuvent manquer d'être frappés davantage par l'immoralité qui s'étale au grand jour.

En même temps s'est produite une chute lamentable du goût français, et nous sommes en passe de devenir complètement tributaires de l'étranger pour toutes choses d'art et de goût. Ce désastre ne peut être évité que s'il se forme une génération nouvelle qui comprenne et qui aime les belles choses. Du reste ce mouvement va se produire, et il s'agit seulement pour nous de le favoriser, de le hâter, de l'annoncer.

Il y a place en France, à l'heure présente, pour un journal, une revue joliment illustrée, écrite dans une belle langue pour les adolescents, garçons et jeunes filles. L'offre qui en est faite ici répond certainement à une demande pressante et générale.

La période de préparation sera peut-être longue, car c'est une assez grosse affaire que de monter une telle entreprise si on ne veut pas se contenter de commencements misérables, d'où rien d'utile ne pourrait sortir. Le journal ne paraîtra que lorsqu'auront été recueillies des ressources morales et matérielles suffisantes pour forcer le succès.

En attendant que Jouvence trouve un plus puissant appui, l'auteur de ces quelques lignes l'abritera et la soignera modestement mais avec amour. Il ne peut donc pas être indifférent aux lecteurs qui ne le connaissent pas de savoir quelque chose de lui.

Après s'être livré à des études de philosophie générale et les avoir poussées jusqu'au plus haut grade

universitaire, découragé en voyant que la philosophie
ne sortait pas du milieu très restreint des hommes
du métier et ne nourrissait pas son homme, croyant
alors qu'elle n'exerçait aucune influence générale,
il a complètement abandonné ces études pour faire
œuvre pratique, et a créé à Paris et dirigé pendant
plus de vingt ans l'école qui porte son nom.

Mais il y a dans le champ de la philosophie des
idées, embrouillées et obscurcies, et mises hors de la
portée des hommes qui simplement pensent, par un
argot spécial et par le pédantisme, idées qui, lorsqu'on
les a laissé dormir dans sa conscience, se réveillent
et se lèvent, et apparaissent comme très simples et
faciles à concevoir, comme grandes et belles et pleines
de puissance concrète, et bien faites pour conduire
un homme dans sa vie privée comme dans son activité
sociale.

Ce sont ces idées que l'auteur de ces lignes a, pendant ces vingt et quelques dernières années, mises au
service de la jeunesse et à la portée même des enfants,
se convainquant de plus en plus qu'il n'y a rien en
elles de quelque valeur qu'ils ne puissent comprendre.
Ces idées ont inspiré et dirigé tout son effort en vue
de les rendre avant tout intelligents et bons, et beaux
et heureux. C'est la même œuvre toute pratique
qu'il veut continuer sur un champ moins hérissé
d'obstacles, plus libre et plus ouvert. Il essaiera de
montrer que cette descente, cette visite des idées est
utile à la jeunesse.

*Il ne sera peut-être pas inutile de citer, en appen-
dice à la fin de ce volume, quelques extraits de journaux philosophiques donnant un jugement sur son
ouvrage : « l'Immanence de la Raison », paru en 1896.
Renvoyer le lecteur à cet ouvrage serait le décevoir,
d'abord parce qu'il est épuisé, ensuite parce qu'à
moins d'être du métier on ne le comprendrait pas ;
l'auteur, en effet, s'est servi de cet argot philosophique
et a donné dans ce pédantisme qu'il reproche aux
autres : c'était dans un temps bien éloigné.*

*Mais d'après ces extraits, on pourra avoir un
aperçu des bases scientifiques des idées qui sont exprimées dans ce petit ouvrage-ci ; et il sera intéressant
sans doute de voir comment ces idées, qui paraissaient
perdues dans l'empyrée, peuvent, par une longue
expérience, trouver une expression simple et un usage
pratique.*

*On y verra aussi que ce renouveau d'idéalisme
que nous voyons se dessiner était déjà prévu, préparé
dans l'esprit des maîtres de la philosophie, qu'il
devait fatalement se produire, et qu'il n'a été que
retardé par le sombre nuage d'égoïsme et de bruta-
lité qui a passé sur le monde.*

*Avant d'aller plus loin, il faut faire ici une re-
marque sans laquelle l'esprit même de ce livre ne
saurait être compris. On y trouvera, dans les idées*

un optimisme, et dans la forme un enthousiasme qui paraîtront naïfs à quelques-uns.

Ce n'est pas après un travail de réflexion philosophique ayant donné à un homme, si éphémère qu'elle pût être, une place en somme parmi les ouvriers du métier, suivi d'un quart de siècle d'humble activité pédagogique, qu'il peut se faire des illusions sur la nature humaine. Il y a des hommes, il y a des jeunes gens, il y a des enfants trop décrépis pour être accessibles aux belles idées, trop indifférents ou trop bêtes pour les comprendre. A d'autres le soin de les instruire et d'élever leurs âmes. Je m'incline avec respect et avec admiration devant leur dévouement, tout en ayant un vague sentiment qu'ils sont tous plus chimériques que moi. Je m'inquiète plutôt de circonscrire la contagion de ces âmes inférieures, et j'avoue humblement, franchement qu'elles ne m'intéressent pas et ne m'ont jamais intéressé.

Mais j'ai vu des enfants, et des jeunes gens, et des hommes à l'âme fraîche et pure, pour lesquels aucun optimisme n'est trop élevé et trop beau, aucun enthousiasme trop jeune : pour eux Jouvence.

Ce premier appel est adressé à tous ceux qui s'intéressent à la jeunesse ; aux amis des Lettres françaises, parmi lesquels il faut faire une large place aux amis étrangers ; aux artistes et aux écrivains

disposés à entrer dans la voie indiquée, surtout aux nouveaux et aux jeunes.

Ouvrages développés ou simples essais, lettres propres à être publiées ou seulement quelques lignes d'approbation, de critique, de conseils, toute offre de collaboration ou de protection et de patronage, toute marque de sympathie sera bien accueillie, et contribuera à ouvrir à Jouvence les portes de la vie.

○

Siège provisoire :
ÉCOLE GORY - PARIS
18, rue Matignon (8e)

○

RÉCEPTION
le Mardi, de 4 h. 1/2 à 6 heures

Un appel aux amis de la jeunesse

L'esprit des adolescents est avide d'idées, leur imagination puissante et féconde, leur âme ouverte à toutes les influences. Enfants encore par la naïveté, ils sont déjà des hommes et des femmes par les instincts qui s'éveillent en eux.

Des choses étranges se passent dans leur être : c'est le premier appel de la vie puissante et féconde de la terre ; c'est la sainte veillée des armes ; c'est déjà le combat. Bientôt ce sera le tumulte des sens et l'emportement des passions, la ruine et la dégradation, ou le triomphe puissant et joyeux.

A cet âge-là précisément, du moins dans les classes moyennes, les jeunes gens sont astreints à un travail qui rebuterait des hommes faits par sa durée, son abstraction et sa difficulté ; bien des énergies sont détruites, des santés compromises et des vies perdues par l'ennui et la fatigue des premières années. S'il est impossible de diminuer l'effort qui est demandé à nos jeunes gens, offrons-leur du moins de saines distractions. L'exercice physique ne suffit pas : il est inévitable qu'ils cherchent par la lecture à échapper à une existence

banale pour satisfaire l'immense besoin de fortes
ou douces émotions dont leur âme est gonflée
et donner cours à leur imagination avide de fiction.

Or, que lisent-ils? Leurs parents le savent-ils
même? Des niaiseries, ou bien une littérature de
feuilletons et de « cinéma », propre à flatter les
goûts d'une foule ignorante et grossière, le plus
souvent dans un style d'importation qui sort du
naturel et de la vérité, bon à bouleverser les idées
et à dénaturer les sentiments, faux et vulgaire.
De telles lectures ont largement contribué à produire ce mouvement de démoralisation dans toutes
les classes de la société, auquel nous avons assisté,
impuissants ou indifférents.

Entretenir dans l'âme des adolescents la fraîcheur des émotions, l'enthousiasme des pensées,
la pureté des sentiments, tout ce qui fait que l'on
est et que l'on reste jeune, charmer leur imagination en offrant à leurs regards un idéal illuminé
des splendeurs de la nature et de la vie, tel est
notre but.

Il n'y a pas lieu, d'ailleurs, de séparer dans
nos préoccupations les garçons et les jeunes filles.
Les histoires qui ne sont écrites que pour les jeunes
filles ne sont que niaiseries, et celles qu'elles ne
peuvent pas lire sont inutilement grossières. Dans
une vie normale, les garçons et les jeunes filles
ne sont pas séparées : ils ne doivent pas l'être non
plus dans les histoires que nous leur racontons ;

dans l'action, leurs goûts peuvent être différents, mais les mêmes fictions leur plaisent : ils ont les mêmes aspirations, la même imagination et le même cœur.

Non seulement les jeunes gens et les jeunes filles liront nos récits avec un plaisir égal, mais leurs parents aussi s'y intéresseront ; car ce qui est bien écrit plaît à tous les âges, quelles que soient la simplicité des récits et la naïveté des pensées. Les vieillards eux-mêmes se plaisent à ce qui est jeune et frais : nous voulons qu'à la vue de notre journal sur la table de famille, les visages ridés et les têtes blanches s'éclairent d'un sourire, comme s'éclairent les têtes blanches et sourient les visages ridés quand un rayon de soleil entre dans une chambre sombre ou que s'entend au loin la voix d'un enfant ; nous voulons qu'il soit pour eux une fontaine de jouvence et leur apporte plus qu'un souvenir doux et lointain, le souffle vivifiant des purs enthousiasmes, des émotions naïves, des énergies vigoureuses, et l'illusion de la vie, qui seule préserve la vieillesse de la décrépitude.

A nous donc l'enthousiasme et la naïveté, et l'emphase, et l'illusion et la chimère : c'est la jeunesse et la vie. Certes, l'utopie est funeste dans les théories qui veulent être pratiques : c'est une raison pour s'en défendre dans son activité, mais non pour la bannir de l'imagination qui en est toute faite et pour désillusionner les jeunes âmes. Nos lecteurs ne deviendront pas moins des hommes et des femmes de bon sens pratique parce qu'ils auront cherché dans le rêve le repos, la consolation et la force.

Nous le connaissons, cet *esprit pratique* qui nous a été imposé contre toutes les tendances de notre race, celui qui met le rêve en suspicion et nie la puissance active de l'idéal ; et nous savons où il mène : il a détruit chez nous l'art et la poésie et produit l'immoralité, la désorganisation et l'impuissance. Mais un immense besoin d'enthousiasme, de gaîté, de naïveté, de fraîcheur et de jeunesse gonfle nos âmes ; aussi certainement que le printemps succède à l'hiver inerte et stérile, nous allons assister à un puissant renouveau d'idéalisme, et Jouvence en veut sonner le réveil.

Un appel aux jeunes écrivains et artistes

Pour que notre revue s'impose dès l'abord par sa beauté, il faut qu'elle possède d'avance une première provision d'œuvres de valeur, quelques dessins, un peu de musique, des poésies, des nouvelles amusantes et gaies, des romans intéressants.

Il y a des apparences pour que les auteurs dont les noms y figureront les premiers obtiennent par elle une certaine renommée, peut-être un peu de fortune. Ce n'est là qu'une espérance : appelons-la une illusion, une chimère, et à nous les naïfs et les illusionnés. Seuls ils éprouvent cette angoisse et cette dépression profonde d'où bondit l'enthousiasme et la foi ; et leur œuvre sera plus belle sans doute que celles que pourra produire l'appât d'un gain assuré.

Il y a dans notre université un grand nombre de jeunes gens qui perdent tous leurs efforts dans la recherche d'une érudition ingrate et stérile, et qui ont cependant, avec la connaissance du beau langage, une culture, une finesse, une sen-

sibilité exquises, parfois un enthousiasme prêt à
jaillir qu'ils ignorent eux-mêmes : nous leur de-
mandons de prendre sur le temps de leurs études
quelques moments pour écrire un œuvre très
simple où ils mettront tout leur cœur, ce qui sera
pour eux vivre. Quelques lignes parfois suffisent
pour juger d'un talent naissant : s'ils ont besoin
de quelque encouragement, s'ils veulent accepter
quelques conseils, ils trouveront cela à notre revue.
Qu'ils lisent d'abord, dans l'esprit où elles ont
été écrites, ces pages qui leur sont surtout des-
tinées.

A vous avant tous s'adresse cet appel, jeunes
gens qui avez combattu. Vous aviez rêvé d'être
accueillis par un chant de triomphe et d'allégresse,
et vous avez trouvé votre victoire annihilée par
les marchands, les politiciens et les démagogues
et votre gloire salie par des évricains qui n'ont
vu dans les tranchées que la boue et la vermine.
C'est que, pour continuer votre œuvre, qui n'était
pas achevée avec les dernières batailles que vous
avez gagnées, il fallait des hommes de génie ; mais
tout le génie de la France était dans les tranchées.
Sachez donc que le génie et l'héroïsme ne sont
que les manifestations d'une même puissance ;
et, de même que les forces de la nature qui déra-
cinent les arbres et ébranlent les montagnes peuvent se transformer en lumière, cette puissance
qui était en vous, et qui y demeure, deviendra

du génie si vous tournez vos regards vers les idées.

L'effort est digne d'être tenté : les enfants de ceux qui sont morts à vos côtés vous attendent : vous guiderez leurs pas ; vous soutiendrez leur courage, vous leur rendrez l'espérance et la foi‘ et la joie de vivre, et leurs mères vous béniront.

L'effort en vaut la peine, car c'est un beau rôle que celui de l'artiste et de l'écrivain. Il n'est pas vrai que la littérature doive rester une affaire purement commerciale, où la réclame est plus utile que le talent et où, pour réussir, il faut flatter les goûts du vulgaire et renier son âme ; il n'est pas vrai que l'art soit affaire de pure forme sans rapport avec l'idéal. L'art et la poésie, c'est l'esprit qui s'épanouit et le cœur qui se donne ; c'est la grande sympathie humaine, c'est la foi et c'est l'amour.

A l'origine des civilisations, dès que les hommes eurent acquis, par leurs efforts incessants dans les dangers et dans les combats, un peu de loisir et de tranquillité, ils s'assemblèrent autour de leurs poètes. Ils les aimèrent et les respectèrent plus que leurs chefs victorieux, plus que les inventeurs qui leur avaient donné leurs armes et leurs demeures : ils les appelèrent des chantres divins et des prêtres. Longtemps les poètes ont gardé de ces origines l'idée qu'ils exerçaient un sacerdoce, qu'ils parlaient un langage divin ; jusqu'au moment où les mots d'inspiration et d'idéal sont tombés dans le discrédit et dans le ridicule ; alors la muse en s'envolant a donné au dernier poète son dernier baiser, et la poésie est morte.

Rappelez votre muse ; ne craignez pas l'enthousiasme naïf et juvénile, et répondez aux moqueries du vulgaire profane par un puissant orgueil. Car votre part est la plus belle, et le plus grand est votre rôle sur la terre : c'est de recueillir tous les amours et toutes les joies, et les doux attraits de la vie, et le charme puissant des pensées, pour en faire le trésor de ceux qui sont misérables et que personne n'aime ; de prendre toute la beauté qui est dans les choses et dans l'esprit, pour la porter dans les demeures les plus étroites, les plus sombres et les plus désolées, pour les remplir d'humanité, les illuminer des splendeurs de la terre, les étendre jusqu'aux horizons et les élever dans l'immensité des cieux.

Éducation et récréation
L'imagination

....

Peut-être, dans le progrès immense des sciences physiques qui a marqué la fin du siècle passé, le plus grand rôle a-t-il été joué par un homme qui a écrit des romans pour la jeunesse. Tous les chercheurs de merveilles furent ses lecteurs assidus ; ils avaient l'imagination remplie de ses conceptions, l'esprit emporté par son enthousiasme, et l'âme affermie par la même volonté de faire reculer l'impossible.

Les hommes de la génération qui grisonne ou déjà est toute blanche se rappellent avec émotion les douces heures qu'ils ont passées à lire les ouvrages de Jules Vernes dans le *Journal d'Education et de Récréation*, et s'étonnent de voir que ces livres ne plaisent plus à la génération nouvelle. Ce qui la rebute, ce sont les longues leçons de géographie, de physique, d'histoire naturelle qu'ils contiennent.

Pour dire la vérité, peut-être nous-mêmes n'y prêtions-nous qu'une attention distraite, et n'acceptions-nous l'enseignement que dans l'attente du plaisir d'un récit amusant, émouvant et passionnant. Il faut reconnaître aussi que nous n'étions pas accablés, écrasés par le poids formidable de l'enseignement scientifique qu'on donne aujourd'hui dans les écoles, et qu'il est naturel que nos jeunes gens cherchent autre chose dans leurs lectures que de nouvelles leçons.

Mais il n'en résulte pas que pour les intéresser nous devions nous interdire tout enseignement, même scientifique.

Il y a des savants dans la conversation desquels on trouve toujours quelque chose à apprendre, sans qu'ils fassent montre d'aucune science. De même il y a des personnes humaines qui, sans vouloir imposer aucune doctrine, sans donner aucune leçon de morale, inspirent l'énergie et le courage, consolent et répandent autour d'elles une atmosphère de paix et de sérénité, une influence mystérieuse qui n'est autre chose que l'expansion naturelle de leur âme.

Il faut se rendre compte de ce fait que nous obéissons à la fois à deux mobiles indépendants; car, en poursuivant un but déterminé, nous avons ordinairement une arrière-pensée, qui donne aux mêmes actions une valeur et un effet différents, comme un autre son aux mêmes paroles. Or, cette arrière-pensée, c'est nous-mêmes : elle est au fond de notre conscience, cachée, inexprimée, toujours

présente. Des hommes ayant un amour profond
de la science, des hommes animés du désir de
faire du bien, instruiront nos jeunes lecteurs,
exerceront sur leur esprit et sur leur cœur une
influence bienfaisante, quels que soient les sujets
dont ils les entretiennent.

C'est pourquoi à de tels hommes nous propo-
sons simplement pour but de les intéresser, de
les distraire et de les amuser, en évitant tout ce
qui serait pour eux un surcroît de fatigue ou
d'ennui : ils leur montreront des images, leur
offriront un peu de musique, des chansons et des
danses ; ils écriront pour eux des scénettes que
jeunes gens et jeunes filles aimeront à jouer entre
eux le soir à la veillée ; ils leur raconteront des
histoires.

La jeunesse va là où elle trouve le plaisir ; et
c'est juste et normal : si elle n'est pas joyeuse et
gaie, elle s'étiole et vieillit. Donc, si nous voulons
la détourner de plaisirs que nous croyons lui être
funestes, nous lui offrirons un plaisir plus grand,
le plaisir le plus grand qu'elle puisse éprouver ;
et nous ferons cela en nous adressant à son imagination.

Le temps n'est pas encore bien éloigné pour nos
jeunes lecteurs où une poupée n'était pas un objet

inanimé, mais un être vivant, qui pleure et qui rit
et qui a besoin d'amour; où, sur un cheval de bois,
ils parcouraient l'immensité. L'imagination, c'est
l'âme tout entière de la jeunesse ; en elle est toute
sa foi, en elle ses plus grandes joies comme ses
plus profondes douleurs. La pensée peut s'enrichir, la volonté s'affermir, la conscience s'affiner
et l'âme s'élever dans de plus hautes régions ;
mais elle ne peut pas être plus vivante qu'elle l'est
dans l'imagination des premières années : l'imagination puissante et créatrice, immense et souve-
raine, c'est le principe de la vie, c'est la jeunesse
même.

La « folle du logis » a parfois, il est vrai, de
sottes conceptions, et ses billevisées faussent les
idées, nuisent à l'équilibre de l'esprit, détruisent
le jugement et le bon sens et corrompent le goût :
mais c'est la faute des écrivains qui manient lour-
dement une chose délicate et qui, dépourvus de
tact et de mesure, cherchent le merveilleux dans
l'invraisemblable, l'absurde, l'anormal et le faux.

Ce n'est point là ce que demande une jeune
imagination qui n'a pas été corrompue par des
influences étrangères. Pour le petit enfant, le merveilleux est partout, derrière chaque porte, dans
les branches des arbres, dans la fleurette qui s'ouvre
sous la rosée comme dans le vent qui hurle : l'en-
fantelet a raison, et la nature et l'humanité contiennent plus de merveilles qu'il y en a dans les

inventions les plus fantastiques et les plus sau-
grenues.

Quand l'imagination, restée jeune et puissante,
cherche à pénétrer le mystère de l'espace et du
temps, elle suit encore les lignes prolongées de la
réalité ; car l'inconnu n'est pas une limite imposée
à la recherche du vrai : c'est le champ immense
et fécond, grand ouvert devant elle, où elle jette
des inductions, des hypothèses et des espérances,
qui sont les premiers rayons de la lumière de la
connaissance. C'est le manque d'imagination qui
fait les négateurs et les impies : l'idée la plus
subtile, le jugement le plus puissant, le raisonne-
ment le plus élevé se heurtent aux étroites barrières de la relativité et ne peuvent sortir du cercle
de l'abstraction : seule l'imagination peut comprendre le grand miracle des choses et connaître
la vérité.

Pour redescendre de ces hauteurs et retrouver
nos jeunes gens, disons que rien n'est plus facile
que de leur offrir des histoires merveilleuses qui
seront vraisemblables, et qui satisferont pleinement
leur imagination en la laissant orientée vers les
beaux sentiments et vers les idées jolies.

La doctrine : famille, société, patrie, religion, devoir et plaisir

Bien que notre rôle ne soit pas de donner un enseignement doctrinal, nous ne saurions manquer d'attribuer aux personnages de nos récits quelques sentiments qui répondent aux grands problèmes de la vie, tels qu'ils se présentent d'ailleurs dès les premières années. Et, à moins de nous traîner dans la banalité et la niaiserie, nous serons amenés à parler de la famille, de la société, de la patrie, de la religion, du devoir, du plaisir.

Notre doctrine devra être assez large, suffisamment empreinte d'un certain scepticisme qui n'est qu'une modestie de la pensée, pour n'éloigner aucun écrivain délicat et ne choquer aucune croyance simple et sincère ; assez précise toutefois et assez ferme pour contenir en elle-même un principe de vie. Cela ne sera pas malaisé sans doute à ceux qui ne cherchent partout que la beauté, la force et l'harmonie.

Parmi ces questions, il en est de fort délicates ; de toutes les idées qui vont être exprimées ici,

quelles sont celles qui paraîtront dans nos récits,
et dans quelle mesure, ce sera affaire de tact et
de jugement d'en décider ; mais il importe qu'avant
de parler à la jeunesse, les auteurs sachent eux-
mêmes ce qu'ils pensent ; car il est inévitable que
quelque chose de nos convictions passe dans nos
écrits. Il faut que nous ayons une doctrine et que
nous la proclamions, pour ne donner lieu à aucune
appréhension et, dans la suite, à aucune surprise.

*
* *

L'idée de la famille est une des premières qui
entrent dans l'âme des enfants, comme elle est à
l'origine de la formation des sociétés. C'est aussi
celle qui se présente de la façon la plus simple :
les principes essentiels sont encore communément
admis et ne prêtent à aucune discussion, à aucun
doute.

Mais certains livres où elle paraît, écrits pour
des enfants, sont pleins de niaiseries et d'idées
fausses ; d'autres, où l'on trouve une description
puissante de l'amour maternel ou de la piété
filiale, ne peuvent être lus que par des personnes
d'âge mûr. En général, cette idée ne tient pas dans
la littérature, en France du moins, la place qu'elle
devrait occuper.

Est-ce parce que de tels sujets paraissent trop
simples et trop communs ? Est-ce parce que les

sentiments de la famille sont tellement intimes
qu'il semble qu'on ne peut, sans une sorte de pro-
fanation, en faire un sujet de fictions? Quoi qu'il
en soit, on peut affirmer que nos jeunes auteurs
n'auront qu'à rappeler les souvenirs de leur en-
fance et à ouvrir leur cœur pour trouver dans
l'amour d'un père ou d'une mère, dans le dévouement d'une fille ou d'un fils, dans l'affection qui
unit frères et sœurs, une inspiration profonde,
et qu'il y a là matière à des récits très doux ou
dramatiques, d'un puissant intérêt.

De tous les sentiments qui naissent dans la
vie de famille, le plus commun, et le plus fort
peut-être, est l'amour des petits. C'est l'instinct
puissant de la conservation de l'espèce, qui vient
des origines et des sources mêmes de la vie ; c'est
un sentiment aussi délicat qu'il est vigoureux,
et, dans sa pureté, d'une douceur infinie : pour
en traiter, il faut une fine analyse, une grande
élévation et une distinction parfaite.

Il est admis que ce sujet n'intéresse que les
jeunes filles : observation bien superficielle. Sans
doute, dans les conditions anormales de notre
existence moderne, où les familles sont peu nom-
breuses, où de plus en plus rares se font les occa-
sions de protéger et d'aimer les petits, ce sentiment tend à disparaître, comme tous les sentiments
naturels ; mais, sous d'autres apparences, il existe
autant chez les jeunes garçons que chez les jeunes

filles. Croit-on que, s'il en était autrement, ils éprouveraient ce désir puissant d'être à leur tour pères de beaux enfants, qui est la sauvegarde à la fois et la marque de la virilité naissante, et que pourrait sourdre de rien et éclater l'allégresse de l'homme à la venue de son premier né ?

Les jeunes gens ne comprennent pas eux-mêmes quelle est l'émotion qui les saisit, le trouble parfois qui envahit leur âme à la vue des petits, faibles et gracieux. Ils ne montrent pas ordinairement ce sentiment quand ils se croient observés ; ils s'en défendent comme, étant petits eux-mêmes, devant les moqueries maladroites et lourdes, ils se défendaient de jouer à la poupée, comme ils se défendent parfois d'avoir soigné leurs petits frères ou leurs petites sœurs ; mais il n'en est pas un, qui soit digne du nom d'homme, dont on ne puisse faire bondir le cœur de courage et d'amour en lui montrant, même en une fiction, l'un de ces petits en danger ou dans la peine lui tendre les bras.

Une société parfaite serait comme une grande famille où régnerait la paix et l'harmonie. Si la question se présente, nous ne pouvons éviter de prendre position contre un socialisme qui, jetant son masque de pacifisme et de libéralisme, s'oppose au progrès social, parce que toute réforme

retarderait naturellement le grand bouleversement
par lequel s'établira sur les ruines la dictature des
maîtres du *prolétariat*, et se proclame ouvertement
comme une doctrine d'oppression, de guerre et
de haine.

Saper toutes les idées élevées, détruire le sentiment du devoir, exciter l'envie, attiser la haine,
flatter la vanité, glorifier l'incapacité, prêcher le
droit de jouir, faire des promesses absurdes, mentir
sans vergogne et mêler à tout cela des phrases
incompréhensibles, voilà comme on mène ce que
l'on appelle faussement le peuple ; voilà comme
on conduit à la servitude pour laquelle elle est
faite une foule interlope d'êtres irresponsables,
sans attaches sociales et sans patrie, qui ne res-
pectent que la main qui les frappe et cherchent
à se donner un maître.

Nous n'écrirons pas de ces romans niais et
vulgaires dont les personnages, vivant dans une
opulence béate, font penser à des enfants qui,
dans une pâtisserie, se barbouillent la figure de
crème tandis que de la rue des petits affamés les
regardent. Nous trouverons un puissant intérêt
dans la pitié qu'inspirent les souffrances des pauvres, dans la révolte de la conscience et du cœur
contre les injustices que produisent les inégalités
sociales. Nous saurons inspirer une haine vigoureuse pour ceux qui créent et répandent la misère,
le mépris pour les indifférents, l'admiration pour

les hommes qui savent établir autour d'eux plus
de justice et d'humanité. Nous montrerons dans
des exemples comment, par le travail et l'énergie,
on peut quelquefois vaincre les difficultés et s'élever dans la société, et comment on peut aussi
tomber d'un rang élevé.

Peut-être est-il vrai que les derniers développements de la civilisation ont amené sur la terre plus
de souffrance et d'injustice ; c'est parce que
l'égoïsme et la haine se sont emparés des dons de
l'esprit, parce que le progrès moral a été distancé
par le progrès de la science. Mais ce n'est pas par
la destruction qu'un relèvement pourra se faire ;
c'est par une marche en avant, par la purification
des cœurs, l'affinement des consciences, l'élévation des esprits, par une œuvre d'amour, de paix
et d'harmonie.

Il n'est point malaisé de retrouver dans l'histoire l'époque où s'est produite en France cette
rupture d'équilibre entre les forces morales et les
puissances de la science, du commerce et de l'industrie : c'est au moment où notre socialisme national a été livré à l'étranger et courbé sous le joug.

Quelque temps après les guerres du premier
Empire, il se produisit un grand mouvement
d'idées, né en France, qui se répandit en Europe,
et auquel s'attacha le nom alors nouveau de Socialisme. Pendant quelques années, la paix sociale
régna à l'intérieur des nations et elles vécurent en

paix les unes avec les autres : ce fut une époque de
progrès, de prospérité, de grandeur et de poésie.

Le Socialisme français n'était pas l'arme d'une
nation conquérante et guerrière, le bastion d'une
classe ou la doctrine d'un parti : grand industriel,
petit commerçant, employé, ouvrier, paysan ou
écrivain, tout homme qui avait à cœur le progrès
social se proclamait socialiste.

La doctrine de ces hommes se pouvait résumer
en un mot, l'Harmonie. La souffrance et le vice,
pensaient-ils, ont pour cause première l'état de
guerre qui existe entre les peuples, entre les classes
et entre les individus. Leur but était d'améliorer
le sort des classes laborieuses et des familles nom-
breuses, d'ouvrir aux plus humbles les voies du
succès, de perfectionner l'industrie et d'enrichir
le commerce pour répandre partout le bien-être
et la prospérité, d'élever l'humanité tout entière
et de chercher le bonheur et la paix dans le progrès par l'union de toutes les bonnes volontés.

Ils réalisèrent des œuvres pratiques de la plus
grande utilité. Et pourtant c'étaient des enthou-
siastes, des naïfs, des illuminés, des visionnaires,
des esprits chimériques : en ôtant à l'esprit ses
visions et ses chimères, on a brisé son essor. L'idéa-
liste sait bien que son idéal est une vision : cette
vision l'entraîne sur la voie qui mène vers une perfection que l'humanité ne peut pas atteindre, mais
qui est et malgré tout demeure son seul but.

[*]

Les hommes qui prêchent la guerre sociale professent le mépris de la patrie ; cela est logique et inévitable : le patriotisme est la grande force qui établit dans un pays l'harmonie et la paix. Et par là il lui donne la puissance et la vie : l'anti-patriotisme ne peut avoir pour effet que de faire des victimes désignées aux nations conquérantes et guerrières ; et les peuples qui ont perdu le culte de la patrie sont mûrs pour la servitude et marqués pour l'esclavage.

Allons-nous prêcher la guerre? Rien n'est plus contraire à nos sentiments : un peuple qui se montre prêt à se défendre et capable de vaincre n'est pas attaqué ; et, pour aimer sa patrie, il n'est pas nécessaire d'envier, de mépriser ou de haïr les autres nations. C'est un instinct sauvage de rapine et de brigandage qui rend le patriotisme agressif et sanguinaire ; mais il n'est pas vrai qu'il soit en lui-même un ferment de haine et une cause de guerre : ceux qui le prétendent sont ceux-là mêmes qui prêchent la guerre et la haine. Ce qui produit la guerre, c'est la guerre ; un pays divisé contre lui-même est dans le monde un ferment de discorde ; et seules peuvent s'harmo-niser dans un ensemble des parties où règne l'har-monie : une querelle d'enfants trouble la paix du monde.

30

Nous prendrons bien soin de ne dire aucun mal
des peuples étrangers, de ne choquer en rien leurs
légitimes susceptibilités, de ne pas insulter à leur
propre patriotisme. Nous chercherons à les comprendre ; nous leur montrerons de l'estime et de
l'affection, et userons à leur égard de cette vieille
civilité et politesse française qui ne va pas sans
un brin de flatterie. Mais cela dit, notre revue sera
ardemment patriotique ; cet enthousiasme con-
vient à la jeunesse et lui est naturel.

Nous ne nous croirons pas obligés à une fausse
modestie : nous mettrons même, pour nos jeunes
gens, à notre pays, un panache. Cela n'est pas
pour déplaire à nos amis étrangers : souvent ils
nous ont reproché de dénigrer notre propre pays,
et ont été péniblement impressionnés à notre égard
par cet abandon de nous-mêmes. Quant à nos
exagérations, ils les connaissent ; et ceux qui ont
assez d'esprit ne les méprisent ni ne les haïssent ;
quelques-uns d'entre eux d'ailleurs, et non des moin-
dres, en usent abondamment eux-mêmes. L'exagé-
ration au fond est une forme plaisante de l'idéal.

Eh bien non ! La France n'est pas une nation
débauchée et affaiblie, incapable d'un effort industriel ou commercial et dépourvue d'aucune force
d'expansion. La France, tant de fois meurtrie,
abattue et ruinée, se relève et répand sur le monde
son influence ; deux fois, trois fois dans l'histoire
elle s'est donné, par l'initiative de ses commer-

çants et l'énergie de ses explorateurs, un vaste empire colonial, perdu ensuite par les guerres ou par la sottise des politiciens, et de nouveau refait. Les plus grandes inventions scientifiques et industrielles ont été ses créations. La France représente dans le monde les principes de droit, de justice, de liberté, de civilisation et de progrès ; la France, la belle France est le pays historique de l'élévation intellectuelle et de l'héroïsme ; la douce France est la demeure du plaisir, de l'amour et de la beauté. Et l'on verra ce qu'elle va faire encore dans le monde, maintenant que se réveille son vieil idéalisme.

Voilà quel est notre patriotisme; et l'avenir lui appartient. Le passé, c'est la guerre, c'est le désordre infini, c'est le chaos obscur où grouillent les haines individuelles, sociales ou nationales. Au commencement, chacun défendait et aimait seulement ses propres enfants, et avait pour ennemi tout homme qui s'approchait de sa caverne. Puis la famille s'étendit, les tribus se formèrent ; puis les peuples. Les frontières s'écartaient, que la guerre ensanglantait encore, mais à l'intérieur desquelles régnaient la paix, la confiance et l'amour. Ainsi l'humanité s'achemine vers la conception et la réalisation de l'idéal nouveau de la fraternité des peuples, de la patrie universelle, par l'œuvre même du patriotisme national, développant les principes d'union et d'amour qui sont en lui, fai-

sant tomber lui-même ses barrières, s'étendant
à l'horizon et s'exaltant dans l'harmonie.

***

La patriotisme est, par sa nature et par ses
effets, très voisin du sentiment religieux ; c'est
pourquoi ceux qui veulent le détruire s'attaquent
à la religion, comme ils s'attaquent à tous les principes de paix, d'élévation et d'idéalisme que nous
aimons ; il doit donc y avoir en elle quelque chose
pour attirer notre sympathie.

Notre revue ne doit avoir ni aucun caractère
confessionnel, ni même une tendance particuliè-
rement religieuse : toutefois, des sujets peuvent
se présenter dans lesquels une idée religieuse se
fait jour inévitablement. Nous n'avons pas l'in-
tention préconçue de les rechercher ; mais nous
ne voulons pas les prohiber, pour cette raison
d'abord qu'ils peuvent avoir un grand intérêt et
un puissant attrait, ensuite parce qu'en écartant
l'idée religieuse nous semblerions la rejeter ou
la dédaigner, et que, si elle a vraiment quelque
chose de bon, l'influence que nous pouvons
exercer serait mauvaise en étant systématiquement
incomplète.

Ce dont nous ne voulons à aucun prix, c'est
un esprit antireligieux, ce sont non seulement
des attaques contre l'idée religieuse, mais des

33

allusions même qui puissent lui porter atteinte : nous ne voulons pas que sous notre nom un mot paraisse par lequel une âme croyante puisse être scandalisée.

C'est là d'ailleurs l'action la plus basse et la plus vulgaire balourdise qui puisse être. Tout homme d'un esprit élevé et distingué respecte les croyances des autres ; c'est parce qu'il est lui-même, au fond, un croyant et qu'il a une religion, quand même le mot lui puisse déplaire. L'irréligion véritable n'est autre chose que la bassesse et la vulgarité.

Et c'est encore la décrépitude. A mesure que la vie se dépouille de ses plaisirs et de ses espérances, les âmes vulgaires s'attachent de plus en plus aux réalités matérielles et se cramponnent à la terre qui les rejette. Mais l'âge des jeunes garçons et des jeunes filles auxquels nous nous adressons, chacun sait que c'est l'âge religieux : leur ange gardien n'est pas encore bien loin.

Ce n'est pas ici le lieu d'entrer dans la discussion des accusations dont la religion a été l'objet ; il nous suffit de constater avec évidence que ses adversaires s'attaquent à une idée qu'ils ont composée en réunissant tout ce qu'ils ont trouvé dans l'histoire ou dans la pensée de fanatisme et d'hypocrisie, et que leurs accusations n'atteignent pas une religion qui serait faite de foi et d'amour.

Il serait plus intéressant de défendre la religion contre le doute et les négations de l'esprit ; mais il faudrait pour cela entreprendre tout un enseignement philosophique et donner une vaste vue d'ensemble sur les développements de la pensée humaine, d'où sortirait une conclusion certaine.

Si j'avais à parler à des philosophes, je leur montrerais que la pensée a été troublée par l'opposition que les philosophes eux-mêmes ont établie entre l'esprit et la matière, entre la nature et l'idéal. Je leur dirais qu'un esprit pur, tel que l'ont conçu les philosophes spiritualistes, et non les hommes de foi, ne serait qu'un néant dans le néant ; que l'âme tout entière est dans ses sensations et dans ses images. Je leur montrerais d'autre part que la matière, quelles que puissent être sa nature et son existence inconnues, ne se révèle à l'âme que comme une limite de ses pensées ; que les couleurs et les sons, s'ils sont autre chose que des vibrations dans le néant de l'espace et du temps, appartiennent à l'âme ; que tout ce qu'il y a dans la nature de sonore et de lumineux, de beau et d'aimé lui est prêté par l'émanation de l'âme, et que l'âme, en quittant la nature, l'emporte avec elle, avec toutes les créations de son imagination, avec tout son idéal, toutes ses croyances, toute sa foi et tous ses amours. Je leur dirais qu'un homme pénétré de ces idées ne peut être ébranlé par aucune négation, par aucun doute sur l'au-delà, et que la mort même lui sourit comme une aurore.

Je voudrais leur montrer encore que toute

science est incomplète, que les raisonnements qui paraissent les plus concluants peuvent être courts en quelque endroit ; qu'il faut être réservé dans ses négations et modeste en présence de l'immense inconnaissable. Je voudrais leur montrer qu'en se perdant dans la relativité et l'abstraction, l'esprit s'éloigne de la vérité, qu'en quittant les idées communes, gonflées de réalité et faites de sensations et d'images, il s'évertue et débat dans le vide et le néant, et que l'âme remplie des croyances les plus naïves, que l'âme d'un petit enfant est plus près des vérités éternelles.

Mais ce sont là les idées les plus difficiles à comprendre qui soient dans le domaine de la philosophie. Qu'il reste de cette digression le sentiment qu'il n'est rien de plus élevé, de plus beau et de plus bienfaisant que les idées religieuses, mais que, pour les aborder, il faut un tact délicat et, plus que le respect indifférent et froid, une vivante sympathie pour toutes les croyances naïves et sincères.

Que ces déclarations rassurent donc sur nos intentions d'une part les éducateurs religieux, en leur montrant qu'en venant à nous les jeunes gens qu'ils ont instruits ne peuvent trouver qu'une confirmation de leur foi, et d'autre part les écrivains — et ils seront sans doute les plus nombreux parmi nous — qui ne peuvent ou ne veulent donner que des idées plaisantes et gaies.

Nous n'oublions pas que nos lecteurs sont jeunes et que, si leur esprit est capable par moments des plus hautes pensées, dans leur âme domine l'attrait de la nature : faisons-leur donc aimer la terre et la vie, qui leur appartiennent.

*_**

Cependant la souffrance est inévitable, même pour la jeunesse ; et il y a pour elle une bonne souffrance. Notre âme est ainsi faite que, pour se développer et s'épanouir, elle doit passer par des alternatives de joies et de peines ; la recherche exclusive du plaisir le détruit d'avance, et quiconque n'a pas souffert ne peut pas tressaillir et vibrer aux grandes joies.

Mais il est insensé de vouloir faire accepter comme un idéal du bonheur une satisfaction qui se trouve dans la résignation, dans le sacrifice, dans la privation et dans la douleur : s'il y a là quelque bonheur, il vient d'une source plus haute, et il est tout entier dans l'espoir de la délivrance et dans une vision de l'au-delà. Ce peut être un soulagement à la peine, mais il n'est pas vrai que ce soit le bonheur.

Il n'est pas vrai non plus que le bonheur soit dans l'effort et dans la volonté triomphante de la chair. Cela est grand, cela est beau, cela peut exciter l'enthousiasme de la jeunesse : sa conscience

37

parle haut et son âme vibre à l'appel du devoir ;
et, comme l'effort physique, l'effort moral lui est
naturel. C'est pour elle sans doute qu'Horace
a écrit cette description emphatique et sublime
de l'homme juste et ferme en ses propos, invincible
et maître de lui-même, qui commande à son corps
et à son âme : ni les fureurs de la foule ne l'émeu-
vent, ni les menaces du tyran, ni le vent des tem-
pêtes, ni les foudres de Jupiter ; et, autour de lui,
le monde brisé s'écroulerait sans ébranler son âme
impavide.

Mais l'effort moral a des limites, au delà desquelles il se brise et s'abandonne à la douleur. La
doctrine qui, indifférente à tous les plaisirs des
sens et de l'imagination, place le souverain bien
dans la lutte contre les passions n'a donné que
déboires à ceux qui ont voulu y conformer leur
vie. En vain ils ont sacrifié leur force et leur bonheur pour atteindre une perfection abstraite ; en
vain ils ont torturé leur corps et leur âme pour
étouffer le cri de la nature avide de plaisir : plus ils
luttaient et plus s'exaspérait la tentation ; pour tuer
leur imagination, ils s'enfermaient dans la tombe :
mais la tombe s'éclairait des visions aimées.

Parce qu'il y a des plaisirs cruels, vulgaires et
malsains, la nature tout entière est tenue en suspicion par la plupart des moralistes. Mais il est
inutile sans doute de chercher à détruire ces plaisirs-
là chez ceux qui s'en contentent et en sont satis-

faits : ce sont les seuls que puissent éprouver des
âmes basses et vulgaires. D'ailleurs ce plaisir-là
se détruit lui-même : toujours accompagné de
tristesse, il aboutit à la satiété et au dégoût et
disparaît en ayant accompli son œuvre de mort.

Le plaisir de la nature jeune et vigoureuse est
tout autre chose. Doux et tranquille, ou puissant
et tumultueux, il n'est suivi d'aucune déception,
mais disparaît graduellement comme un beau
jour dont le soir est plus beau encore, ne laissant
après lui que le bonheur et la gaîté. Loin d'affai-
blir les âmes, il augmente leur puissance de vie ;
et, comme dans une belle lumière et dans un air
pur, la jeunesse s'épanouit en lui.

Si j'étais un poète, si je savais trouver les mots
qui retentissent, je voudrais chanter pour la jeunesse un hymne au plaisir. Mais nous vivons trop
loin de la nature, et nous en éloignons de plus en
plus par l'industrialisation de notre vie et de nos
âmes ; il faut se reporter à des temps où le monde
était plus jeune, pour entendre ce chant d'allégresse de la terre.

Rome est la ville des festins et des jeux ; mais
Bacchus dispute à Apollon les attributs de la poésie,
et Vénus préside à la beauté. Il y a autre chose
que les lugubres orgies décrites par nos tristes
écrivains dans les festins de la ville de marbre :
des fleurs fraîches ornent jusqu'à la fin le front
des convives ; au son des flûtes se déroulent des

danses gracieuses ; on chante des vers de Properce ou de Tibulle, cependant qu'au dehors Tiityr étendu à l'ombre apprend aux forêts à redire le nom d'Amaryllis.

Les Epicuriens romains n'étaient pas les débauchés qu'on nous dépeint ; et même il arrivait une chose au premier abord surprenante, c'est qu'ils réprouvaient les plaisirs grossiers, au nom même de l'amour du plaisir, plus fortement encore que les Stoïciens, et qu'ils atteignaient parfois un idéalisme d'une telle hauteur, qu'il était difficile de distinguer leur doctrine de celle de leurs nobles et grands adversaires.

C'est que leur âme même était élevée et affinée, et qu'en proposant comme but aux hommes de suivre la nature, ils concevaient une nature saine et bonne. En effet, le grand drame qui oppose le plaisir au devoir, l'idéal à la nature, n'existe pas pour les âmes pures. Pour elles, le chemin de la vertu est une route ombreuse et doux fleurante ; pour elles les passions qui viennent de la nature obtiennent l'adhésion de la pensée et l'approbation de la conscience ; et la vertu et le bonheur sont faits de leur libre jeu.

Jeunes gens qui avez une âme fraîche, la vie de la terre vous appelle ; votre âme elle-même fait partie de la grande nature ; elle l'illumine de ses pensées et partage ses amours : pour vous la nature et l'idéal s'unissent dans le plaisir.

L'amour et la beauté

De toutes les passions que la nature inspire aux âmes saines et vigoureuses, l'amour seul est puissant et dominateur. Il chasse les instincts bas et malsains, sans force devant lui ; et, quand il règne, il est seul. Par lui l'esprit sublime s'unit à l'imagination féconde et aux sens puissants ; par lui seul la nature est emplie de beauté.

Le sentiment de la beauté fera aux adolescents une conscience esthétique, sœur de la conscience morale et concourant au même but de préservation ; et toute action indigne, toute pensée basse, tout sentiment impur se présenteront à eux sous la forme repoussante de la laideur. Mais pour développer en eux ce sentiment, il faut leur parler de l'amour.

Il faut parler de l'amour aux jeunes garçons et aux jeunes filles, parce que cela est inévitable, et qu'un auteur qui s'y refuserait s'interdirait les sujets les plus puissants et les plus doux, les plus aimables et les plus passionnants. Du reste l'amour se manifeste d'une manière éclatante tout autour d'eux, et ils ne sont pas aveugles : le silence même

que l'on s'impose à leur égard excite leur curiosité ;
des livres scolaires qu'on leur a mis entre les
mains, leur ont présenté l'amour comme une fré-
nésie, une faiblesse, une folie et une honte. Il faut
leur parler de l'amour pour leur dire la saine et
belle vérité.

Une passion qui dégrade l'âme, qui répand la
démoralisation, la honte et la misère, qui blesse
la délicatesse de la pensée et contre laquelle pro-
teste la conscience ne mérite pas le nom d'amour :
l'amour est plein de pudeur et de délicatesse.
Il est d'abord tout entier dans l'imagination : c'est
l'âge mystique de l'adolescence, l'âge des tris-
tesses sans cause et des joies étonnantes ; des
rougeurs furtives passent sur des fronts purs :
c'est l'âge du mystère et de l'attente. Puis vient
le tumulte des sens et l'emportement des passions : l'homme vit alors de la vie puissante et
féconde de la terre, et prend part à l'œuvre divine
en créant à son tour des âmes immortelles. Il vibre
d'enthousiasme et tressaille d'allégresse ; et l'horizon s'étend et le ciel s'élève, et la nature s'emplit
de lumière et de sonorités. Puis vient la vieillesse :
les passions s'adoucissent et leur tumulte s'apaise ;
mais, de leur pleine et entière satisfaction, il reste
comme un doux extrait du plaisir, un amour pai-
sible et raffiné de la beauté.

*_**

42

Il y a un peuple qui a représenté dans l'histoire le culte de la beauté. Arrivés à l'apogée de leur civilisation, les Grecs de l'antiquité ne pensaient pas à autre chose. Ils cherchaient la beauté comme les hommes de notre temps cherchent l'argent ; et, comme nos enfants sont élevés pour se faire une situation et une fortune, leurs enfants étaient élevés pour être beaux.

Mais il manque quelque chose à leurs statues de déesses, tellement enveloppées de beauté que nues elles ne sont point indécentes : c'est une beauté sans expression, tout entière dans les traits du visage et dans les lignes du corps. Il y a autre chose dans la beauté humaine que les proportions finies, la grâce et l'harmonie et la perfection de la forme : il y a le reflet de toutes les splendeurs du ciel et de la terre : il y a la vision d'un idéal.

Mais nous ne connaissons guère cette beauté ; et notre ignorance ou notre indifférence est cause de vulgarité, de banalité, d'ennui et de tristesse. Notre gymnastique a pour but l'acquisition de la force, de la résistance et de l'énergie, mais non de la beauté ; et avec une tête bestiale sur un corps sans lignes, on peut être champion du monde. Dans notre hygiène comme dans nos unions nous nous occupons fort peu d'avoir de beaux enfants ; et, quand l'enfant est né, nous ne faisons rien pour développer la beauté de son corps et de son visage : nous couvrons d'ornements ses difformités, et

nous laissons la mauvaise humeur ou le rire stupide,
la fatigue et l'ennui s'empreindre sur ses traits.
Ainsi les mouvements harmonieux des tout petits
enfants, les notes de leur voix si justes et si pures,
leurs gestes expressifs et leur doux sourire, et
toute cette grâce du premier âge disparaît peu à
peu ; les beaux cheveux qui enveloppaient encore
tout entières quelques petites filles s'éclaircissent
et tombent avant l'âge et perdent leur éclat et
leurs boucles soyeuses ; et déjà il faut des fards
et des atours à l'âge où devrait resplendir toute
la beauté de la jeunesse vigoureuse : et sur la terre
il n'y a de laideurs que dans l'espèce humaine.
Toute la nature est pénétrée et enveloppée de
beauté, de la grâce ténue des fleurettes aux splendeurs des horizons, du chant aigu des oiselets
aux notes trop graves des mondes dans l'espace.

Mais la nature ne connaît pas sa beauté, et sa
beauté n'est pas en elle : elle est tout entière dans
la pensée de l'homme. Et le chant des oiseaux, et
les couleurs des fleurs, et les parfums de l'air, et
les forêts et les montagnes, et la mer et le ciel, et
tout ce qui est beau dans la nature, tout cela n'est
rien que l'émanation d'une âme humaine qui
reflète sa propre beauté et chante son amour.

Seul un être humain possède en lui-même la
beauté tout entière, parce que sa beauté est autant
dans ses pensées que dans les traits de son visage
et dans les lignes de son corps. Un beau corps

sans une belle âme ne retient pas l'amour. Mais
m'amie est douce et bonne autant que belle ;
dans ses beaux yeux je vois une belle pensée, et
son âme même est souple et gracieuse. Quand
elle n'est pas là le monde est vide. La terre pourrait se couvrir de palais de marbre : j'aime mieux
m'amie dans une mansarde ; les forêts profondes
couvrent les flancs des montagnes, et les torrents
roulent des rocs, et les glaciers étincelants reflètent
la glcire du ciel, et le soleil se couche dans la pous-
sière d'or à l'horizon de l'océan sonore : j'aime
mieux m'amie au bord d'un ruisseau.

La langue de Jouvence

Nous voulons que notre revue soit écrite en bon français. Comme une voix fraîche et riche d'harmonies donne du charme à toutes les paroles, ainsi les récits les plus simples seront intéressants et plaisants dans une belle langue.

Autrefois, pour qu'un traité fût clair et précis, et ne contînt ni matière à interprétation et à discussion, ni germes de guerres nouvelles, on le rédigeait en français. Mais notre langue s'est rendue indigne de ce rôle qu'elle a joué dans l'histoire, en se laissant envahir par le vague et l'obscurité. En même temps elle inclinait à l'immoralité, et par là perdait le respect et la confiance des étrangers.

Il n'est pas douteux en effet qu'à un moment nos auteurs les plus renommés ont cherché leur inspiration dans des sentiments coupables et leurs sujets dans un monde corrompu. Puis est venue une légion de pâles imitateurs dont toute la prétendue *psychologie* se bornait à suivre le développement d'un amour défendu, d'une passion morbide, en l'absence de toute noblesse, de toute dignité, de tout sentiment d'honneur. Pauvres littérateurs, dont le rôle est de jeter le discrédit et le ridicule sur tout ce qui est simple et frais, et de rendre le vice aimable. En s'engageant dans cette voie, la langue française abandonnait ses plus sûres traditions.

Il ne faut pas en effet se laisser tromper par une certaine apparence de légèreté, qui tient au caractère français, qu'on voit chez nos anciens auteurs, et qu'on trouvait aussi dans nos salons. Personne ne s'y trompait d'ailleurs autrefois : cela s'appelait de l'esprit, et les étrangers eux-mêmes ne se cachaient pas d'y prendre goût. Ils savaient bien que sous cette forme plaisante il y avait des pensées sérieuses, et que les petits marquis pouvaient être des héros. Ils savaient que la langue française servait à répandre dans le monde les idées les plus généreuses, les plus chevaleresques et les plus élevées.

La corruption lui est venue en grande partie de l'invasion étrangère. Nos auteurs ont d'abord voulu imiter ce qu'ils trouvaient de meilleur et de plus beau chez nos voisins, ne se rendant pas compte que l'imitation ne peut rien donner de bon ; mais d'imitation en imitation nous en sommes arrivés à emprunter aux étrangers ce qu'il y avait de plus faux et de plus vulgaire dans les bas-fonds de leur littérature et de leur société, et que les gens délicats parmi eux rejetaient eux-

mêmes avec dégoût ou ne connaissaient même
pas. Nos enfants se mirent à chiquer, nos jeunes
filles à brandir des cannes ; notre danse devint
une trépidation et un déhanchement ; notre musique un charivari, notre peinture un gribouillage,
et nos écrivains composèrent des feuilletons-
cinéma. Alors il a été de mode de se moquer des
charmants causeurs d'autrefois, des lettres bien
tournées, des conversations fines et distinguées ;
les marquises ont employé l'argot, et dans les
salons on a parlé le même langage que dans la loge
des concierges.

En nous avilissant ainsi nous avons péniblement
surpris et déçu les étrangers eux-mêmes, du
moins l'élite des gens instruits et distingués, nos
amis d'autrefois. Dans les pages de Jouvence, ils
ne trouveront que cette belle langue française
qui a été pendant des siècles, et qui doit être encore
la langue de tous les milieux où l'on tient à la
culture de l'esprit, au raffinement des manières,
à la politesse et au bon goût en même temps qu'aux
belles idées.

Pour la retrouver nos auteurs n'auront qu'à se
retremper aux bonnes sources, et, tout en cher-
chant à exprimer des idées nouvelles propres à
intéresser la génération qui vient, à observer avec
fidélité les lois de la composition et du style, telles
que nos grands écrivains les ont eux-mêmes si
clairement et si simplement formulées. Elles sont

bien connues de tous ceux qui ont fait quelques
études ; mais il semble qu'elles ne soient consi-
dérées que comme de belles ruines respectables
par leur antiquité : si nos jeunes auteurs veulent
bien y revenir, en se rendant compte qu'elles
expriment l'essence même de la langue française,
ils écriront sûrement de belles choses. C'est pourquoi il n'y a pas lieu de s'excuser de les rappeler ici.

*
* *

On dit couramment qu'après tant de conteurs,
il est impossible d'inventer des histoires nouvelles :
essayez de faire dépendre, selon le grand principe
de notre littérature classique, la suite des événements du développement d'un caractère : vous
verrez alors s'ouvrir devant vous un vaste champ
de nouvelles histoires ; vous pourrez écrire encore
même des « Voyages extraordinaires » et des
« Aventures de Robinson » : les événements les plus
communs, les sujets les plus connus prendront
une autre valeur, un autre sens et auront ainsi
tout l'attrait de la nouveauté.

Sans un caractère qui se développe, il n'y a d'ailleurs aucune pensée qui fournisse l'intrigue et le
dénouement, et un roman n'est qu'une suite de
péripéties sans autre lien entre elles que le hasard
ou la fantaisie. Si tout l'intérêt est dans les *épisodes*,
dans les événements eux-mêmes, il faut qu'ils

deviennent de plus en plus extraordinaires et terribles, dans les situations, qu'elles soient embrouillées et critiques ; il faudra des personnages masqués, des complots, des courses folles, puis des assassinats, des mains crochues, des yeux sanglants : et on tombe finalement dans le ridicule.

Pour maintenir l'intérêt, on a recours à un artifice qui consiste à abandonner un récit — souvent même à la fin d'un livre qui doit avoir une *suite* — au moment où il devient le plus palpitant et où le dénouement est imminent, pour entreprendre un autre récit qui plus tard seulement doit se rattacher au premier ; et on laisse les personnages dans une situation critique où il faut qu'ils attendent contre toute vraisemblance. On croit entretenir ainsi l'attention du lecteur : on le fatigue et on le décourage.

Il y a des auteurs modernes chez lesquels on sent une pensée profonde et une puissante imagination, qui auraient pu écrire des chefs-d'œuvre, et dont les ouvrages sont sans intérêt et sans beauté et finalement vont aux vieux papiers, parce qu'ils ne se sont pas rappelé que le bon style est l'ordre qu'on met dans ses pensées. Pour qu'une histoire soit intéressante il faut que le sujet soit nettement posé, la situation bien établie et bien comprise ; il faut que l'intérêt, éveillé dès le début, aille grandissant et sans arrêt jusqu'à un dénouement qui

satisfait la curiosité du lecteur ; il faut qu'il y ait
de l'ordre, de la suite ; que toutes les parties se
tiennent, et que l'ensemble forme une harmonieuse
unité.

Nos auteurs modernes ont cru faire une belle
chose en commençant leur récit ou en l'interrom-
pant par des digressions, analyses ou descriptions.
Ces pages peuvent être fort belles, mais elles sont
déplacées dans un récit : et le lecteur tout simplement les saute.

On sait combien nos auteurs classiques étaient
sobres de descriptions. On a dit que, préoccupés
uniquement de généralités, il n'avaient pas le
sens des lignes et des couleurs de la nature. Rien
n'est plus faux : ils savaient qu'une description,
paysage ou corps humain, facilement ennuyeuse
si elle dépasse quelques lignes, est insupportable
quand elle vient interrompre le récit et faire éva-
nouir cette illusion sans laquelle une histoire n'a
aucun intérêt.

Il y a plus : par cette réticence même, ils avaient
le grand art de savoir faire collaborer le lecteur
avec eux ; et c'est là sans doute un des secrets du
charme de leurs simples récits. « Un bocage dont
le silence n'était troublé que par le bruit des fon-
taines et par le chant des oiseaux » : cela suffit ;
et il n'y a même aucune description de l'île de
Calypso ni de la déesse elle-même. Mais le lecteur
y supplée par son imagination ; il devient lui-même

créateur et poète ; il voit Bacchus, et Silène, et
le jeune faune folâtre dans leur bocage ; il pourrait
dire que le soleil fait des taches de lumière sur le
frais gazon, que les feuilles des arbres remuent
sous les caresses d'un souffle odorant, et que tout
près coule un clair ruisseau ; il voit Calypso dans
son île : il voit la couleur de ses cheveux relevés
sur sa tête et dégageant sa nuque ; il voit la souplesse de sa taille, l'harmonie de ses mouvements,
et ses pieds nus dans des sandales.

****

On ne s'expliquerait pas cette perfection de
certaines œuvres classiques, si on ne savait qu'elles
ne sont qu'un extrait de ce qu'il y avait de plus
subtil et de plus exquis dans la pensée de leur
auteur. Ne serait-ce que pour pouvoir émonder
ainsi son œuvre, l'écrivain doit avoir une
grande abondance naturelle d'idées et de sentiments : on est né poète ou on ne le deviendra
jamais.

De l'esprit, de la finesse, une douce émotion
qui vient de l'attrait des idées jolies, suffisent
peut-être pour écrire des choses charmantes et
légères : pour traiter de sujets d'un intérêt puissant, pour produire des œuvres qui éveillent l'enthousiasme et remuent profondément le cœur, il
faut que l'auteur ait senti son âme envahie par de

53

grandes idées, qu'il ait éprouvé cette émotion
intense et profonde à laquelle on réserve générale-
ment le nom d'inspiration.

Le poète qui sent descendre sur lui l'inspiration
est en proie à une sorte de folie. Des larmes mon-
tent à ses yeux et des sanglots gonflent sa poitrine ;
son âme est écrasée par le découragement et par
le désespoir, et puis bondit d'enthousiasme et
d'allégresse. La création est alors comme un chaos
obscur et tumultueux où fulgurent des lumières
éclatantes et tonnent des sonorités soudaines
réveillant des échos lointains ; par moments s'in-
sinue une douce lumière ou un chant subtil : c'est
le mystère et l'infini, le mysticisme et la mélancolie.

Telle est la grande poésie symbolique du nord,
où la pensée déborde l'expression, où les mots,
plutôt qu'ils n'expriment des idées et des sentiments, suggèrent des pensées trop vastes, des
émotions trop profondes pour prendre une forme
lumineuse et précise. Les races septentrionales
s'y plaisent, dans une nature obscure et brumeuse,
que leur imagination ou leurs sens différents des
nôtres animent et colorent de visions et de sonorités qui nous sont inconnues, et qui nous paraît
lugubre et désolée.

A cette poésie il faut des langues synthétiques,
où les mots eux-mêmes sont pleins de symbole
et riches d'idées accessoires, où l'ordre logique est

troublé par des inversions, où le sens de la phrase
n'apparaît pleinement qu'après que l'esprit, en-
traîné dans des directions diverses par des mots
d'abord sans suite, s'est ouvert de multiples perspectives.

Il faut reconnaître que cette poésie nous est
complètement interdite. Toute imitation ne pouvait donner que ces caricatures qu'on nous offre
à admirer sous le nom de poèmes ou de tableaux,
médiocres et ridicules. Une traduction même la
dénature ; et si nous voulons la connaître, il nous
faut la chercher dans les textes même : notre
langue ne s'y prête nullement et est inapte à
l'exprimer.

Ce n'est pas une raison pour la dédaigner ; ce n'est pas une raison non plus
pour déclarer nos poètes inférieurs. Eux aussi
ont connu la même inspiration ; et ils en ont
souffert.

Une description de cette souffrance du poète
français paraîtra toujours exagérée à ceux qui
ne l'ont pas connue. Il souffre parce qu'il
ne peut pas exprimer ces idées trop vastes
et ces sentiments trop profonds ; il souffre
parce que son âme se sent perdue dans
l'infini, écrasée par l'immensité, oppressée par la
mélancolie.

Mais personne ne connaîtra ses souffrances
solitaires et secrètes ; et, quand son œuvre paraîtra,

elle sera lumineuse et sereine. Il entreprend un travail par lequel, de cette masse d'idées et d'émotions, qui sont le bien commun de tous les hommes, il fera une œuvre française.

Le chaos se dégage et la lumière apparaît, comme aux premiers temps des enfantements de la nature ; l'obscurité et le vague disparaissent et le tumulte s'apaise ; les proportions se réduisent en même temps que des perspectives apparaissent et se prolongent ; les grandes lignes se dessinent et l'ordre lumineux s'établit dans l'unité harmonieuse.

Tout ce grand travail aussi doit être inconnu du lecteur, et il n'en doit résulter pour lui que l'impression d'une création aisée et naturelle. Tout livre qui sent l'effort, qui donne quelque peine à lire ou qui n'est pas facilement compris n'a pas les caractères d'un chef-d'œuvre de la langue française. Pour lire un ouvrage de physique ou de chimie, il faut être savant : mais pour écouter nos poètes, il suffit d'avoir l'esprit clair et l'âme fraîche.

C'est que nous sommes des descendants des latins dont nous parlons la langue. Comme eux nous aimons, dans l'art et dans la nature, les lignes harmonieuses et les proportions finies ; comme eux nous sommes habitués à des horizons clairs et nous avons un soleil qui donne aux choses des couleurs vives et des contours précis. Chez nous aussi la parole exprime l'idée tout entière ; et notre style n'est bon que s'il est clair, simple, naturel et sincère.

*
* *

Il résulte de cela que rien n'est plus contraire à l'esprit de la langue française que la recherche de la forme ; il vaudrait mieux dire la recherche des belles phrases, car cet ordre, cette unité, cette simplicité sont bien essentiellement la forme de nos écrits. Quant aux belles phrases, il faut certes les reconnaître et les choisir, et sacrifier toutes celles qui ne sont pas belles ; mais elles doivent venir naturellement, et si on les cherche, elles ne viennent pas. Je sais bien que la théorie contraire a produit exceptionnellement quelques jolies choses ; mais elle fait violence à la langue. La langue française supporte mal les oripeaux et le fard, et, pour être belle, doit être nue. Une simple observation tirée de la prononciation des mots fera bien saisir ce caractère tout à fait spécial.

Dans les autres langues, il y a des syllabes qui sont longues et d'autres qui sont brèves, et un accent tonique, c'est-à-dire une syllabe sur laquelle la voix donne une note plus haute. De plus les voyelles sont formées non d'un son unique, mais de plusieurs sons parfois très différents qui en enrichissent et en modulent la prononciation.

57

Il en résulte que les mots en se réunissant donnent par eux-mêmes, et indépendamment de l'idée qu'ils expriment, une cadence, une mélodie, et qu'il peut y avoir une beauté de la forme même.

Il en est autrement du français, où il n'y a ni accent tonique fixe, ni syllabes longues ou brèves par elles-mêmes, et où les voyelles ont un son uniforme et simple. Si on arrête là l'observation, on en conclura que le français est une langue claire, nette, précise, mais sans modulations et sans harmonie, et impropre à l'expression poétique.

Mais d'autre part cette absence de forme fixe laisse aux mots français une très grande souplesse ; et, à prendre un mot isolé, nous pouvons à notre gré allonger ou abréger toutes ses syllabes et mettre indifféremment l'accent tonique sur l'une ou l'autre : dans la phrase, la prononciation de chaque mot se fixe de telle sorte que les modulations des mots répondent aux modulations de la pensée qu'ils doivent exprimer. Ainsi notre langue, informe par elle-même au point de vue musical, est comme une matière plastique à laquelle l'esprit donne toutes ses formes ; elle a une cadence et une harmonie, mais qui sont l'œuvre et l'expression de la pensée.

Si nous avons une belle idée, une émotion puissante ou suave, notre langue sera une musique

harmonieuse. L'idée est belle par elle-même, et
la beauté de la forme n'est que l'émanation
de la beauté qui est dans l'idée ; l'idée seule
brille et sonne dans la parole. L'esprit rit dans
les mots ; la grâce et la douceur de l'âme s'exha-
lent en aimables et douces paroles, et l'enthousiasme jaillit en un torrent de mots scintil-
lants et sonores.

FIN

APPENDICE

....

Quelques extraits de journaux philosophiques donnant un jugement sur l'ouvrage de M. Gory :

L'Immanence de la Raison dans la connaissance sensible (In-8°. Paris, Alcan, 1896)

M. Gory aboutit à l'empirisme, à l'idéalisme et à un panthéisme spécial qui, comme il était logique, n'entraîne nullement la négation de la personnalité consciente de Dieu...

Quoiqu'il soit peut-être moins difficile qu'il ne semble de proposer un système de métaphysique, il y faut tout de même un certain talent... M. Gory est entré dans la bonne voie. L'idée de faire la métaphysique de l'expérience a été trop peu explorée, et par les métaphysiciens et par les amis de l'observation... C'est beaucoup pour un auteur d'abord de savoir trouver l'orientation la meilleure, et ensuite de faire quelques pas dans la bonne direction...

M. Gory a fait faire à plusieurs questions un véritable progrès : cela n'est pas si commun qu'on ne doive lui en savoir gré. Si d'ailleurs il a montré de la vigueur, de la décision, un bon sentiment des distinctions à faire, un souci louable de pousser à bout ses idées et une réelle indépendance d'esprit, on sera d'accord, je pense, pour trouver que son ouvrage mérite d'être étudié.

(La Revue philosophique, juillet 1897.)

L'ouvrage de M. Gory témoigne d'une grande force de pensée.

(L'Année philosophique, 1897, de M. Pillon.)

Mr. Gory... has left no place for the real nature of knowledge as a process of reference : the knowing and the known become absolutely identical...

He appears to have no comprehension of the philosophical principles developed by Kant's successors or even of the deeper elements in the Kantian philosophy itself...

I am forced to conclude that the author has only accomplished a general demonstration of the irrationality of his fundamental dogma — the Immanence of Reason — as he understands it.

(The Mind N. S. vol. VI. Nr. 22.)

62

*By the « Immanence of Reason », the author means
that « the Ideas of the Reason, which have their
origin in sensuous knowledge and are disengaged
from it by a natural and logical operation, can serve
neither to know scientifically nor to conceive in any
fashion, metaphysical realities or possibilities ; but,
on the other hand, are far from being in irreconci-
liable contradiction with sense presentations, and
rather find in experience their just and legitimate use...*

*It is to be hoped that Dr. Gory will work out more
thoroughly the positive and constructive portion of
his theory ; but, from the outline given, it will be
seen that his book will take its place among the best
works of the nerver French movement in criticism
and idealism.*

(The Philosophical Review. Vol. VI.
Nr. 3, 1897.) (J.-H. Tufts. Univer-
sity of Chicago.)

*L'autore protesta energicamente contro le teorie
pessimiste che finiscono a dichiarare l'impotenza del
pensiero e la bancarotta della scienza.*

(Rivista Italiana di filosofia. Anno XI. Vol. II, 1896.)

*È vero, scrive l'autore, che resta pur sempre dell'
ignoto e del mistero nell' universo ; ma l'ignoto non
è fuori della nostra sfera di ricerca. Ciò che igno-*

63

riamo, noi lo cerchiamo ; e quindi l'ignoto e il mistero non sono limiti imposti al pensiero umano, ma costituiscono un campo immenso e fecondo, tutto aperto davanti a lui, e dov'esso il pensiero umano getta eternamente le sue induzioni, la sua speranza, la sua fede, insomma, i primi raggi della luce della scienza...

In sostanza, questo è un libro che, usando il linguaggio e il metodo raziocinativo della più pura metafisica, giunge a conclusioni che possono essere accettate dal più esigente positivismo.

Rivista critica mensile di opere di filosofia scientifica (in Appendice al : Pensiero Italiano di Milano) (Anno IV, settembre 1896. No. 3.)

Le Gérant: G. GORY.   IMP. CUSSAC, PARIS.

Le Gérant : G. GORY.

IMP. CUSSAC, PARIS.